U0015519

本書的使用方法

step *1*

請先找個看起來和藹可親、面容慈祥的法國人，然後開口向對方說：

請原諒我的打擾！（對不起！打擾一下。）
Excusez-moi de vous déranger .

出示下列這一行字請對方過目，並請對方指出下列三個選項，回答是否願意協助「指談」。

step *2*

這是指談的會話書，如果您方便的話，是否能請您使用本書和我對談？

C'est un livre de conversation .
Avez-vous le temps de
m'enseigner, s'il vous plaît.
指 Si vous voulez, indiquez
"oui" . s'i non, indiquez "non".

好的！沒問題！
Oui, pas de problème.

不，我不能！
Non, je ne peux pas .

我沒時間
Je n'ai pas le temps.

step *3*

如果對方答應的話（也就是指著"Oui, pas de problème"），請馬上出示下列圖文，並使用本書開始進行對話。若對方拒絕的話，請另外尋找願意協助指談的對象。

非常感謝！現在讓我們開始吧！
Merci beaucoup! Si nous commencions maintenant.

① 本書收錄有十個單元三十個部分，並以色塊的方式做出索引列於書之二側；讓使用者能夠依顏色快速找到你想要的單元。

② 每一個單元皆有不同的問句，搭配不同的回答單字，讓使用者與協助者可以用手指的方式溝通與交談，全書約有超過150個會話例句與2000個可供使用的常用單字。

③ 在單字與例句的欄框內，所出現的頁碼為與此單字或是例句相關的單元，可以方便使用者快速查詢。

④ 當你看到此符號與空格出現時，是為了方便使用者與協助者進行筆談溝通或是做為標註記錄之用。

⑤ 在最下方處，有一註解說明與此單元相關之旅遊資訊，方便使用者參考之用。

⑥ 最後一個單元為常用字詞，放置有最常被使用的字詞，讓使用者參考使用之。

⑦ 隨書附有通訊錄的記錄欄，讓使用者可以方便記錄同行者的資料，以利於日後連絡之。→ P.90

⑧ 隨書附有＜旅行攜帶物品備忘錄＞，讓使用者可以提醒自己出國所需之物品。 → P.91

★巴黎有二處機場，(1)戴高樂以連接市區的地下鐵，票價

動詞／疑問句

什麼 comment？	為 Pou
什麼時候 Quand？	

通訊錄記錄

我住在　　　飯店，地址是
J'habite a l'hotel　　l'adresse

姓名

護照（要影
簽證（有的國
飛機票（要影
重要度A 現金（零錢也
信用卡

公車站 un arret de bus

地鐵 → P.18 le metro

在飛往法國的班機上，希望您能試著記住下面的發音秘訣與常用問候語！

a b c d e f g h i j k l m
n o p q r s t u v w x y z

(1) b 與 p 這兩個子音，同樣是緊閉雙唇後的爆裂音，發 b 這個音得震動聲帶，p則不必震動聲帶但是嘴唇較緊，這兩個音在法文當中有區別，可是中國人常常容易發音不清楚。

(2) c在遇到母音e i y的時候發s的音，遇到 a o u 的時候，或是在字尾的時候通常發k的音。

(3) Ç這個字是軟舌音，是c的變音符號，主要用在母音a o u之前，原本發k的音改念s。

(4) h這個字母在法文當中不發音。

(5) oi這兩個母音合在一起時發【wa】，ou、ou、ou、aou的母音發【u】。

(6) q的字母在法文中發【k】。

(7) r這個字發小舌音【r】，很難發音，聽起來有點像注音符號的ㄏ。

(8) u還有u這個母音發【y】，較似注音符號當中的ㄩ。

(9) y這個字母發【I】。

(10)在法文當中有所謂的聯頌，將前一個字字尾原本不發音的子音和後一個字的母音連起來念，還有許多詳細的發音規則觀光客容易混淆。

(11)大部分的子音字尾除非被聯頌，要不大都被省略不發音。

　　法語的問候語大都是一些慣用語，因此最好的學習方法就是反反覆覆的多念幾次，直到能朗朗上口為止。至於何謂「朗朗上口」呢？簡單的說就是當你想向人道謝時，結果在第一時間衝口而出的居然是「 Merci 」而不是「謝謝」，那麼你就算「學成」！

　　以下的各句問候用語，你不妨每句先念個一百次，你馬上就可以體驗到何謂「 法語朗朗上口」的快樂滋味，不信的話就請試試看吧！

問候語

早安 Bonjour!

你好 Salut!

晚安 Bonsoir!

晚安(臨睡前的問候語) Bonne nuit!

麻煩你(請) S'il vous plaît!

謝謝 Merci

不客氣 Je vous en prie!

對不起 Pardon! Je suis désolé(e)!

再見 Au revoir

不好意思(詢問、叫人、引人注意時的用語）
Excusez-moi

先生 Monsieur

小姐 Mademoiselle

女士 Madame

小朋友(男) Petit garçon

小朋友(女) Petite fille

同學 un(e) camarade

朋友（較熟識的）un ami(une amie)

朋友（男）un copain

朋友（女）une copine

需要用到的句子

我不會說法文
Je ne parle pas français .

請講慢一點
Pouvez-vous parler moins vite ,
s'il vous plaît.

請再說一次
Pardon! Pouvez-vous répéter.

請寫在這裡
Pouvez-vous écrire ici.

法國 France

北海

波羅的海

巴黎
PARIS

杜爾
TOURS

羅亞爾河流域
LOIRE

法國

地中海

機場詢問

| 戴高樂機場 Charles de Gaulle |
| 奧利機場 Orly |

我在哪裡？
Ou suis-je?

從機場到旅館

旅行觀光

料理飲食

購物 Shopping

介紹問候

數字時間

娛樂藝術

藥品急救

常用字詞

附錄

請問這附近有沒有____？
S'il vous plaît, est-ce q'il y a __ près d'ici.

有前往市區的___交通工具嗎？
Est-ce qu'il y a __ pour aller à la ville .

| 要在哪裡搭車？→ P.18-22 Où est la station？ | 請問___在哪裡？ Où est__? S'il vous plaît . |

接待處，櫃台 l'accueil	洗手間 les toilettes	出境 le départ
兌幣處 → P.68 un bureau de change	免稅商店 → P.54 duty free	登機門 La porte d'embarquement
	海關 la douane	遊客資訊中心 le bureau de Tourisme

公車站 un arrêt de bus	計程車招呼站 → P.20 une station de taxi.	接駁巴士 une navette
地鐵 → P.18 le metro	巴黎郊區快鐵 le RER	法航巴士 le bus Air France

★巴黎有二處機場，(1)戴高樂機場(2)奧利機場；從機場有免費的接駁巴士可以到達RER車站，搭乘B線可以連接市區的地下鐵，票價約為7.85歐元。

從機場
到旅館

旅行
觀光

料理
飲食

購物
Shopping

介紹
問候

數字
時間

娛樂
藝術

藥品
急救

常用
字詞

附錄

今晚打算住哪裡？

在台灣就已經預約了旅館。
J'ai déjà fait une réservation , quand j'étais à Taïwan

請問還有房間嗎？
Est-ce que vous avez une chambre?

請問住宿費一天多少錢？
C'est combien le prix par jour. → P.68

我要住___天 → P.72-75
J' habite pour__ jour(s).

有沒有更便宜的房間？
Est-ce que vous avez une chambre moins chère ?

這有包括稅金跟服務費嗎？→ P.68
Est-ce que le couvert et la taxe sont compris ?

請給我比較安靜的房間。
Je voudrais une chambre calme.

單人房	雙人房	飯店 / 旅社	便宜的飯店
une chambre pour une personne	une chambre pour deux personnes	l'hôtel	l'hôtel bon marché

現在就可以Check in嗎？
Est-ce que je peux prendre une chambre maintenant?

退房時間是幾點？ → P.74
Je dois libérer la chambre à quelle heure ?

__在哪裡?	緊急出口	客滿	櫃台	廁所
Où est__?	la sortie	complet	l'accueil	les toilettes

旅館的地址	旅館的電話號碼

★ 大部分飯店的入口或是房間內一定有價格表，大致來說一顆星約為30~40歐元，在各車站或是機場皆有旅客服務中心可以代為訂房，不過得收一些手續費。

我要再多住一天。
Je voudrais habiter un jour de plus.

請幫我換房間。
Je voudrais changer de chambre.

這個房間太吵了。
Cette chambre est très bruyante.

房間裡沒有肥皂
Il n'y a pas de savon dans la chambre.

毛巾
serviette

牙刷
brosse à dents

牙膏
dentifrice

這個鎖壞了。
La serrure est cassée.

我(不小心)把鑰匙忘在房間裡了。
J'ai oublié la clef dans la chambre.

沒有熱水。
Il n'y a pas d'eau chaude.

浴缸的塞子塞不緊。
Le conduit de la baignoire se ferme mal.

電視不能看。
Je ne reçois pas les chaines de télévision.

廁所沒辦法沖水。
Les toilettes sont en panne.

請叫一個服務生來。
S'il vous plaît, pouvez vous vous en occuper

這個壞了。
Il (elle) est en panne.

空調的聲音太吵，睡不著。
Le climatiseur est bruyant, je ne peux pas dormir.

房間太冷了。
La chambre est très froide.

法國

France

凱旋門 Arc de Triomphe

17th

歌劇院

9th

8th

瑪德蓮教堂
La Madeleine

1th

羅浮
Muse
Lou

16th

艾菲爾鐵塔 Tour Effel

7th

15th

盧森堡宮

14th

14

堂 Sacré-Coeur

18th

19th

10th

11th

20th

4th

母院 Notre Dame

12th

5th

Luxembourg

13th

七月柱 Colonne de Juillet

我想去 ＿＿＿ Je voudrais aller à__	＿＿＿在哪裡？ Où est__?
請問怎麼走？ Comment aller à__? S'il vous plaît.	請問這裡是哪裡？ S'il vous plaît , où suis-je ?
請告訴我現在的位置。(出示地圖) Pouvez-vous m'indiquer où on est ?	

自助旅行

 ___在哪裡？
Où est___ ?

我想去___
Je voudrais aller à___

請問到___怎麼走？
Comment aller à___ ?
S'il vous plaît.

這附近有___嗎？
S'il vous plaît, est-ce qu'il y a __ près d'ici ?

洗手間
les toilettes

兌幣處 → P.68
un bureau de change

詢問處
l'accueil

銀行 → P.68
la banque

公車站 → P18
un arrêt de bus

計程車招呼站 → P.20
une station de taxi

購物中心 → P.54
un Grand Magasin

郵局
la poste

博物館(美術館)
un Musée

走路 / 坐車要多久？ → P.74
Combien de temps pour y aller
à pied /en voiture ?

從機場
到旅館

旅行
觀光

料理
飲食

購物
Shopping

介紹
問候

數字
時間

娛樂
藝術

藥品
急救

常用
字詞

附錄

請問這裡是哪裡？
S'il vous plaît ,
où suis-je ?

這是什麼路？
Comment s'appelle cette
rue? S'il vous plaît.

請告訴我現在的位置。
(出示地圖)
Pouvez-vous
m'indiquer où on est ?

我想搭＿＿＿
Je voudrais prendre＿＿

北方 le Nord	東方 l'Est
西方 l 'Ouest	南方 le Sud
前面 devant	後面 derrière
上面 sur	下面 sous
直走 aller tout droit	左轉 tourner à gauche
右轉 tourner à droite	對面 en face
過馬路 traverser la rue	紅綠燈 les feux

機場巴士
le bus Air France

登山纜車
le funiculaire

火車 → P.18
le train

觀光巴士
un bus de
tourisme

計程車 → P.20
un taxi

公車
un autobus

地下鐵 → P.18
le métro

船
le bateau

飛機
l'avion

★火車是旅遊歐洲最便利的交通工具，巴黎有許多國鐵可以到達法國的各大城和小鎮，但是最好在出發前先
行規畫好未來的旅程，和預計的天數，以購買適合的火車票種。

搭乘電車

多少錢？→ P.68
Combien ça coûte?

到__的票在哪裡買？
Où je peux trouver le billet pour aller__ ?

要花多少時間？→ P.74
Pendant combien de temps?

請問到__的公車
要到哪裡搭？
Où est la station (l'arrêt de bus) pour aller__?

下一班車幾點開？→ P.74
Le prochain train est à quelle heure ?

請給我__張票。→ P.68
Je voudrais __ ticket(s) , s'il vous plaît.

搭乘地鐵／電車
Je prends le métro / tramway .

這附近有沒有廁所呢？
Est-ce qu'il y a des toilettes près d'ici ?

往__的車是在那一號月台？
Le train pour aller__est à quelle voie?

廁所在哪裡？
Où sont les toilettes?

這班火車開往__嗎？
Est-ce que ce train va à __?

這班火車在__停車嗎？
Est-ce que ce train s'arrête à __?

我可以借用一下廁所嗎？
Puis-je utiliser les toilettes?

★有標示METRO或是M的地方，就是地下入口，走下階梯即為售票處，而往巴黎近郊外快車(RER)，在巴黎市內走地下，到了市郊時就走地面道路，如果想到迪士尼樂園，利用RER比較方便。

從機場
到旅館

旅行
觀光

料理
飲食

購物
Shopping

介紹
問候

數字
時間

娛樂
藝術

藥品
急救

常用
字詞

附錄

車票 un billet	十張地鐵套票 un carnet	公車地鐵月票（週票） une carte orange mensuelle (hebdomadaire)
單程票 → P.68 un aller simple	巴黎交通卡 Mobilis	
來回票 un aller et retour		
巴黎藝術通行證 Paris visite		
法國國鐵火車通行證 France Railpass		

出入口 la sortie／ l'entrée	私營鐵路線 Les Chemins de Fer privés	退返硬幣 rendre la monnaie
剪票口(剪票機) composteur	地鐵 le métro	喚人按鈕 l'alarme
換車處 la correspondance	成人／小孩 adult／enfant	回數券 le carnet

★ 藝術通行證是參觀巴黎博物館的通行證，憑卡可以無限次和免費進入巴黎超過七十個以上的博物館和景點，亦可同時省去許多排隊購票的時間。通行證分為一天、三天、五天，購票後建議先註明購買日期和姓名，免得超過使用時間，通行證必須連續使用，不能任選日期。

搭乘計程車

請叫一輛計程車。
Appelez-moi un
taxi, s'il vous plaît.

我想到這裡(出示地址)。
Je voudrais aller ici.

到___要多少錢呢？
Ça fait combien pour
aller à ___?

請到___
Je voudrais aller à ___

到___的時候請告訴我。
Appelez-moi quand il
est arrivé, s'il vous plaît.

還沒到嗎？→還沒到/已經過了
Pas encore ?
Pas encore / Il est passé

請在這裡等一會兒。
Attendez ici un instant,
s'il vous plaît.

請到這個地址去（出示地址）。
C'est pour aller à cette
adresse, s'il vous plaît.

計程車的招呼站在哪裡？
Où est la station de
taxi ?

一直走。
Tout droit, s'il
vous plaît.

下車！
Je voux
descendre!

在這裡停車。
Arrêtez vous ici,
s'il vous plaît.

請往右邊拐。
Tournez à droite, s'il
vous plaît.

請快點！
Dépêchez-vous,
s'il vous plaît.

★在巴黎用電話叫計程車，要給1歐元的小費，而給計程車的小費則為車資的5%。

這裡有沒有市內觀光巴士？
Est-ce qu'il y a des visites en bus en ville?

有沒有一天的觀光團？
Est-ce qu'il y a des visites d'une journée?

會去哪些地方玩？
Quel est l'itinéraire ?

大概要花多久時間？
Combien de temps ça dure ?

幾點出發？ → P.74
On part à quelle heure ?

幾點回來？
On revient à quelle heure ?

從哪裡出發？
D'où part-on ?

在___飯店可以上車嗎？
Est-ce que le bus passe à l'hôtel __ ?

乘車券要在哪裡買呢？
Où peut-on acheter le billet?

在__飯店可以下車嗎？
Est-ce qu'on peut descendre à l'hôtel __ ?

可以拍照嗎？
Est-ce qu'on peut prendre des photos ?

可以請你幫我拍照嗎？
Est-ce que vous pouvez prendre une photo pour moi ?

懶人旅行法

從機場到旅館

旅行觀光

料理飲食

購物 Shopping

介紹問候

數字時間

娛樂藝術

藥品急救

常用字詞

附錄

巴黎主題遊

我想去 ＿＿＿ Je voudrais aller à ＿＿	＿＿＿在哪裡？ Où est＿＿＿?
請問怎麼走？ Comment aller à ＿＿? S'il vous plaît.	請問這裡是哪裡？ S'il vous plaît , où suis-je ?
請告訴我現在的位置。(出示地圖) Pouvez-vous m'indiquer où on est ?	

聖日爾曼德佩區
Le quartier St Germain des Prés

聖日爾曼德佩教堂
St-Germain-des-Prés

德拉克洛瓦國家美術館
Musée Eugène Delacroix

侯昂庭園
Cour de Rohan

聖許比斯教堂
St-Sulpice

巴黎國家高等藝術學院
École Nationale Supérieure des Beaux-Arts

居斯達伏牟侯美術館
Musée Gustave Moreau

蒙馬特區
Le quartier Montmartre

帖特廣場
Place du Tertre

情色博物館
Musée de l'Érotisme

聖心堂
Sacré-Coeur

馬克斯傅尼純真美術館
Musée d'art naïf
Max-Fourny

阿貝斯廣場
Place des Abbesses

蒙馬特地圖

Ⓜ Lamark Caulaincourt

狡兔之家

Junot Rue Norvins

煎餅磨坊

Rue du Mont Cenis

Rue Du Chevalier

達利博物館

帖特廣場

聖心堂

Rue
Durantin

Rue Gabrielle

Rue des

Ⓜ Abbesses

紅磨坊

Boulevard de Clichy

Rue des Martyrs

Rue des Trois Frères

Place
St. Pierre

Pigalle Ⓜ

Boulevard de Rochechouar

Ⓜ Anvers

23

我想去 ＿＿＿ Je voudrais aller à ＿＿＿	＿＿＿在哪裡？ Où est＿＿＿？
請問怎麼走？ Comment aller à ＿＿ ? S'il vous plaît.	請問這裡是哪裡？ S'il vous plaît , où suis-je ？
請告訴我現在的位置。(出示地圖) Pouvez-vous m'indiquer où on est ?	

香榭麗舍區
Le quartier Champs-Élysées

艾麗榭宮
Palais de l'Élysée

香榭大道
Avenue des Champs-
Élysées

香榭花園
Jardins des Champs-
Élysées

香榭大道圖

17 18
19
8 9 10
2
16 1 3 11 20
7
15 6 5
14 13

小皇宮
Petit Palais

大皇宮
Grand Palais

探索宮
Palais de la
Découverte

亞歷山大三世橋
Pont Alexandre
Ⅲ.

杜樂利區
Le quartier Tuileries

凱旋門
Arc de Triomphe

羅浮宮
Musée du Louvre

杜樂利花園
Jardin des Tuileries

橘園美術館
Musée de l'Orangerie

協和廣場
Place de la Concorde

M
王室宮殿花園
Palais Royal
Musee du
Lourve
Rivoli
M
羅浮宮
小凱旋門
（騎兵凱旋門）
Ave. du Gert Lemonnier

從機場
到旅館

旅行
觀光

料理
飲食

購物
Shopping

介紹
問候

數字
時間

娛樂
藝術

藥品
急救

常用
字詞

附錄

我想去 ＿＿＿ Je voudrais aller à＿＿＿	＿＿＿在哪裡？ Où est＿＿＿?
請問怎麼走？ Comment aller à ＿＿＿? S'il vous plaît.	請問這裡是哪裡？ S'il vous plaît , où suis-je ?
請告訴我現在的位置。(出示地圖) Pouvez-vous m'indiquer où on est ?	

夏佑宮
Palais de
Chaillot

艾菲爾鐵塔區
Le quartier tour eiffel

艾菲爾鐵塔
La Tour Eiffel

自由火炬
La Flamme de la liberté

羅丹美術館
Musée Rodin

聖路易圓頂教堂
Dôme des Invalides

奧塞美術館
Musée d 'Orsay

瑪海

Bastille

巴士底
N

冬之馬戲團

巴士底廣場
Bastille

Bastille
巴士底歌劇院
Bastille

理查勒諾大道Boulevard Richard Lenoir

聖安瑞尼區

Richard Lenoir

Parmentier

Ledru
Rollin

Menilmontant

瑪黑區
Le quartier marais

雨果紀念館
Maison de Victor Hugo

巴士底廣場
Place de la Bastille

龐畢度文化中心
Centre Georges
Pompidou (Beaubourg)

史特拉汶斯基廣場
Place Igor Stravinsky

畢卡索美術館
Musée Picasso

蘇利府邸
Hôtel de Soubise

孚日廣場
Place des
vosges

17 18
      19
  8 9 10
     2
16   1 3 11 20
   7
15 6   5   12
   14   13

畢卡索博物館
Musèe Picasso

M Chemin Vert

Boulevard Beaumarchais

Rue M Rambuteau

法蘭克特權者街 Rue des Frances

龐畢度藝術中心
Pompidou

孚日廣場
Pl. des Vosges

蘇利府邸

Rue St. Antoine

M Bastille

Palais

du

Bourgeois

Rue du Renard

Vielle du Temple

巴黎市政府

聖保羅村莊
Village St. Paul

M Hôtel Ville

Pont Morie

M

Voie Georges Pompidou

塞納河

巴黎主題遊

從機場
到旅館

旅行
觀光

料理
飲食

購物
Shopping

介紹
問候

數字
時間

娛樂
藝術

藥品
急救

常用
字詞

附錄

27

我想去 ＿＿＿ Je voudrais aller à＿＿	＿＿在哪裡？ Où est＿＿?
請問怎麼走？ Comment aller à ＿＿ ? S'il vous plaît.	請問這裡是哪裡？ S'il vous plaît , où suis-je ?
請告訴我現在的位置。(出示地圖) Pouvez-vous m'indiquer où on est ?	

西堤島 L'Île de la Cité

聖禮拜堂
Sainte-Chapelle

聖母院
Notre-Dame

巴黎古監獄
Conciergerie

司法大廈
Palais de Justice

聖路易島
l'île St Louis

聖路易教堂
St-Louis-en-l'île

新橋
Pont Neuf

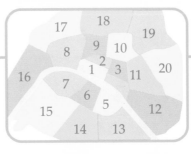

從機場到旅館

旅行觀光

料理飲食

購物 Shopping

介紹問候

數字時間

娛樂藝術

藥品急救

常用字詞

附錄

拉丁區 ←→N

A.Rue des Sanits Peres

花神咖啡館
雙偶咖啡館
聖傑曼德佩教堂
Ⓜ St.Sulpice
St. Germain Ⓜ
des Pres
Boulevard Saint Germain
塞納河 Seine

Mabillon Ⓜ St. Michel
Ⓜ

克呂尼博物館
Rue Soufflot
Ⓜ Odeon
索邦大學 聖賽芙韓教堂
Rue St. Jacoues

萬神廟
Ⓜ
Maubert
Mutuallte

護牆廣場
Ⓜ Gardinal
Rue Thouin du Cardinal Lemoine
慕菲達街
Rue Mouffetaro

Ⓜ
Jessiem
Rue Cuvier
sir
nbenson
巴黎清真寺 動物園
植物園
Rue Geoffroy Saint Hilaire

拉丁區 Le quartier Latin

巴黎清真寺
Mosquée de Paris

植物園
Jardin des Plantes

萬神廟
Panthéon

盧森堡公園
Jardin du
Luxembourg

索邦大學
La Sorbonne

克呂尼博物館
Musée de Cluny

聖賽芙韓教堂
St-Séverin

(2)巴黎五條浪漫大道

我想去 ____ Je voudrais aller à___	____在哪裡？ Où est___?
請問怎麼走？ Comment aller à ___ ? S'il vous plaît.	請問這裡是哪裡？ S'il vous plaît , où suis-je ?
請告訴我現在的位置。(出示地圖) Pouvez-vous m'indiquer où on est ?	

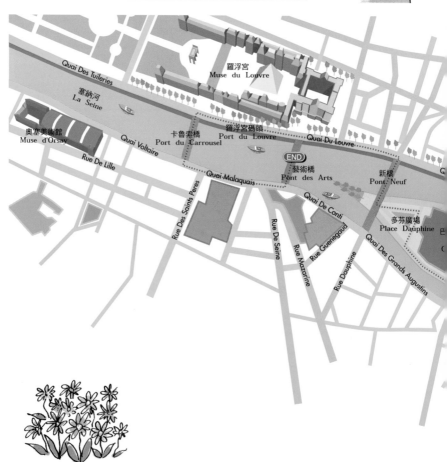

Quai Des Tuileries

羅浮宮
Muse du Louvre

塞納河
La Seine

奧塞美術館
Muse d'Orsay

卡魯索橋
Port du Carrousel

羅浮宮碼頭
Port du Louvre

Quai Du Louvre

Quai Voltaire

Rue De Lille

END

藝術橋
Pont des Arts

新橋
Pont Neuf

Quai Malaquais

Rue Des Saints Pères

Quai De Conti

Rue De Seine

Rue Mazarine

Rue Guenegaud

Rue Dauphine

多芬廣場
Place Dauphine

Quai Des Grands Augustins

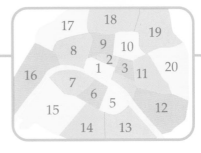

17　18
19
16　8　9　10　2
1　3　11　20
7　5
15　6　12
14　13

塞納河岸　La Pive de la Seine

聖路易街
la rue St-Louis

多芬廣場
Place Dauphine

吐爾內碼頭
Port de la Tournelle

藝術橋
Pont des Arts

尚23世小公園
Square Jean XXIII

羅浮宮碼頭
Quai du Louvre

何內維維安尼小公園
Square Viviani

奧塞美術館
Musée d'Orsay

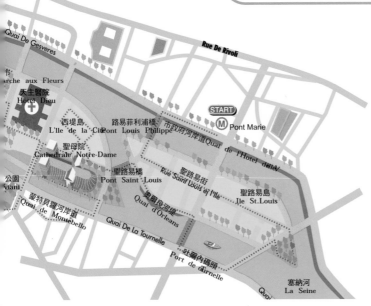

巴黎五條浪漫大道

從機場
到旅館

旅行
觀光

料理
飲食

購物
Shopping

介紹
問候

數字
時間

娛樂
藝術

藥品
急救

常用
字詞

附錄

我想去 _____ Je voudrais aller à ___	_____在哪裡？ Où est___？
請問怎麼走？ Comment aller à ___ ? S'il vous plaît.	請問這裡是哪裡？ S'il vous plaît , où suis-je ?
請告訴我現在的位置。(出示地圖) Pouvez-vous m'indiquer où on est ?	

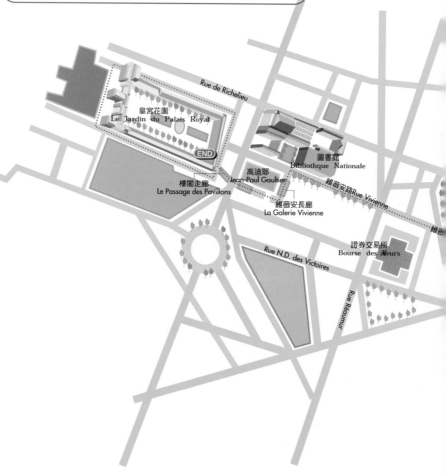

Rue de Richelieu

皇宮花園
Le Jardin du Palais Royal

END

圖書館
Bibliothèque Nationale

高迪耶
Jean-Paul Gaultier

維薇安路Rue Vivienne

樓閣走廊
Le Passage des Pavillons

維薇安長廊
La Galerie Vivienne

證券交易所
Bourse des fleurs

Rue N.D. des Victoires

Rue Réaumur

維薇

遮天走廊

廊街
Les Galeries

皇宮花園
Le Jardin du Palais Royal

尚保羅高迪耶精品店
Jean-Paul Gaultier

葛里凡蠟像館
Musée Grévin

蒙馬特大道Boulevard Montmartre

Rue La Fayette

亂露天咖啡廳
Cafe Zephyr

茱佛華走廊
Passage Jouffroy

維爾多走廊
Passage Vrdeau

拱門
amas

START
葛里凡蠟像館
Le Musee Grevin

Montmartre

Rue de Provence

卡戴街市集Rue Cadet

牧羊人癲情劇院
Le Theatre des Folies Bergeres

里雪路Rue Richer

我想去 ＿＿＿ Je voudrais aller à ＿＿	＿＿在哪裡？ Où est＿＿？
請問怎麼走？ Comment aller à ＿＿？ S'il vous plaît.	請問這裡是哪裡？ S'il vous plaît , où suis-je？
請告訴我現在的位置。(出示地圖) Pouvez-vous m'indiquer où on est？	

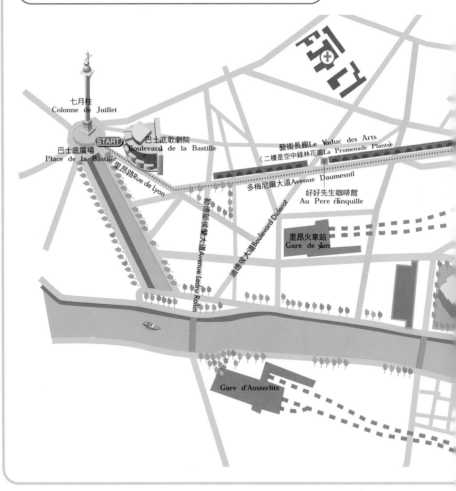

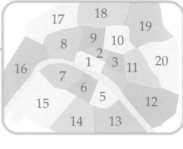

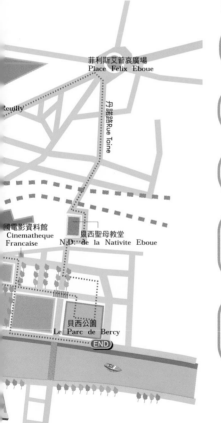

菲利斯艾普哀廣場
Place Felix Eboue

丹讓路Rue Taine

Reuilly

國電影資料館
Cinematheque
Francaise

貝西聖母教堂
N. D. de la Nativite Eboue

貝西公園
Le Parc de Bercy

END

空中綠林花園
La Promenade Plantée

巴士底廣場
Place de la Bastille

巴士底歌劇院
L'opéra Bastille

貝西公園
Parc de Bercy

法國電影資料館
Cinémathèque
française

貝西聖母教堂
Notre-Dame de la
Nativité de Bercy

我想去 ＿＿＿ Je voudrais aller à ＿＿＿	＿＿＿在哪裡？ Où est＿＿＿?
請問怎麼走？ Comment aller à ＿＿＿ ? S'il vous plaît.	請問這裡是哪裡？ S'il vous plaît , où suis-je ?
請告訴我現在的位置。(出示地圖) Pouvez-vous m'indiquer où on est ?	

維利特科學音樂城

維利特公園（科學音樂城）
Parc de la Villette

科學工業城
**Cité des Sciences et
de l'Industrie**

晶球電影院
La Géode

音樂城
Cité de la Musique

科學工業城
Cit des Sciences et l'Industrie

晶球
Gc

END

START

Porte de la Villette

長廊

Canal Saint Denis

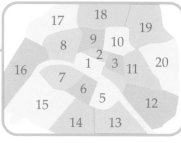

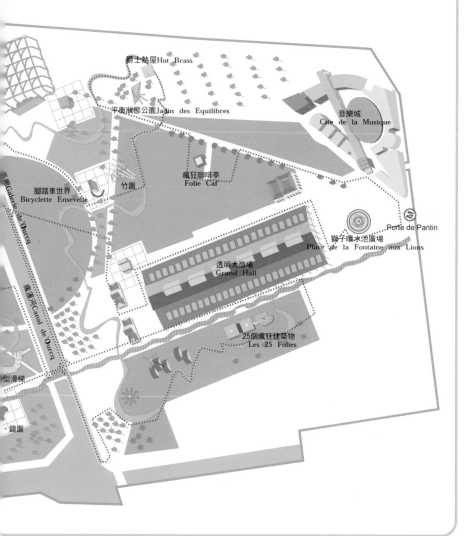

爵士銘屋Hot Brass

平衡狀態公園Jadin des Equilibres

音樂城
Cite de la Musique

瘋狂咖啡亭
Folie Caf

歐爾Galerie de l'Ourcq

腳踏車世界
Bicyclette Ensevelie

竹園

透明大商場
Grand Hall

狮子噴水池廣場
Place de la Fontaine aux Lions

Porte de Pantin

歐運河Canal de l'Ourcq

25個瘋狂建築物
Les 25 Folies

型滑梯

鏡園

我想去 ＿＿＿＿ Je voudrais aller à＿＿	＿＿＿在哪裡？ Où est＿＿？
請問怎麼走？ Comment aller à ＿＿ ? S'il vous plaît.	請問這裡是哪裡？ S'il vous plaît , où suis-je ?
請告訴我現在的位置。(出示地圖) Pouvez-vous m'indiquer où on est ?	

布諾涅森林 Bois-de-Boulogne

凡森那森林
Bois de Vincennes

巴卡戴爾公園
Parc de Bagatelle

三大藝術殿堂

羅浮宮
Musée du Louvre

奧塞美術館
Musée d'Orsay

龐畢度中心
Centre Georges
Pompidou

拉特
Place d

Marc Saint James

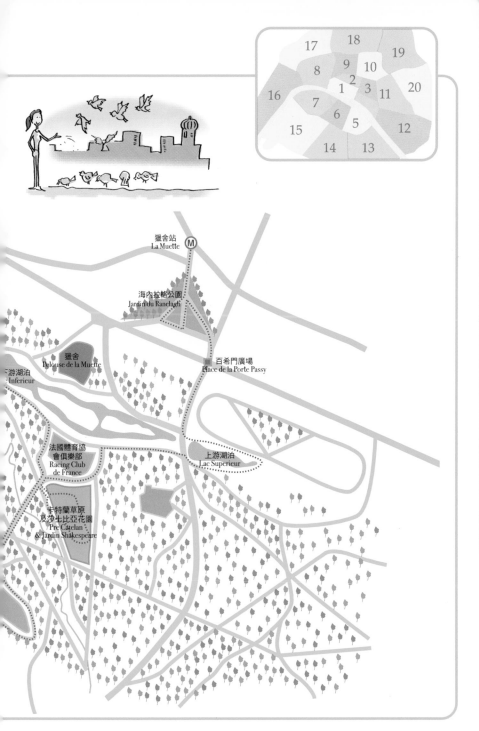

17　18
19
8　9　10
2
16　1　3　20
7　11
15　6　5　12
14　13

獵舍站
La Muette

海內拉格公園
Jardin du Ranelagh

獵舍
Pelouse de la Muette

下游湖泊
Inferieur

百希門廣場
Place de la Porte Passy

法國體育協
會俱樂部
Racing Club
de France

上游湖泊
Lac Superieur

牛特蘭草原
及莎士比亞花園
Pre Catelan
& Jardin Shakespeare

另類城堡行

你喜歡___? Aimez-vous___?	喜歡 J'aime
不喜歡 Je n'aime pas .	普通 comme ci comme ça
你知道___嗎 Connaissez-vous___?	知道 Je connais
不知道 Je ne connais pas.	我想去___ Je voudrais aller___	___在哪裡? Où est___?

交通秘訣

法國國鐵公司 Le SNCF 	火車 le train
SAINT-ELOI公司 Le SAINT-ELOI	腳踏車 le vélo
ACCO-DISPO公司 L' ACCO-DISPO	租車 la location des voitures

著名城堡 → P.40

羅亞爾河 La Loire	阿澤勒伊多堡 Château d'Azay-le-Rideau
翁傑堡 Château d'Angers	杜爾 Tours
梭繆堡 Château de Saumur	翁布瓦茲堡 Château d'Amboise
于賽堡 Château d'Usse	雪儂梭堡 Château de Chenonceau
隆傑堡 Château de Langeais	布洛瓦堡 Château de Blois
昔儂堡 Château de Chinon	榭維尼堡 Château de Cour-Cheverny
薇雍德希堡 Château de Villandry	香波堡 Château de Chambord

城堡內部解剖

圖書室 la bibliothèque	門廳 le vestibule	禮拜堂 la chapelle
樓梯 l'escalier		守衛室 la salle des gardes
臥房 la chambre		迴廊 la galerie

1 翁傑堡 Château d'Angers
2 梭繆堡 Château de Saumur
3 于賽堡 Château d'Usse
4 隆傑堡 Château de Langeais
5 昔儂堡 Château de Chinon
6 薇雍德希堡 Château de Villandry
7 阿澤勒伊多堡 Château d'Azay-le-Rideau
8 杜爾 Tours

___在哪裡？
Où est __?

我想去___
Je voudrais aller à__

請問到___怎麼走？
Comment aller à __?
S'il vous plaît.

請問這裡是哪裡？
S'il vous plaît ,
où suis-je ?

這是什麼路？
Comment s'appelle
cette rue? S'il vous plaît

請告訴我現在的位置。
(出示地圖)
Pouvez-vous
m'indiquer où on est ?

羅亞爾河 La loire

9　翁布瓦茲堡 Château d'Amboise
10　雪儂梭堡 Château de Chenonceau
11　布洛瓦堡 Château de Blois
12　榭維尼堡 Château de Cour-Cheverny
13　香波堡 Château de Chambord

請問這裡是哪裡？
S'il vous plaît ,
où suis-je ?

這是什麼路？
Comment s'appelle
cette rue? S'il vous plaît

請告訴我現在的位置。
(出示地圖)
Pouvez-vous
m'indiquer où on est ?

___在哪裡？
Où est __?

我想去___
Je voudrais aller à __

請問到 __ 怎麼走？
Comment
aller à __?
S'il vous
plaît.

RER C
C1支線
C3支線

Gabriel Péri Asnièr
Gennevilli

RER A線
A1支線：往St.Germain en-Laye
A3支線：往Cergy
A5支線：往Poissy

Anatole France
Por
Cha
Pont de Levallois
Bécon ③ Louise
Michel
Pere

La Défense
Grande Arche ① Esplanade de La
Défense
Pont de Neuilly Te
Les Sablons Argentine
Porte Maillot

Porte Dauphine ② ⑥
Av. Foch Victor Kle
Hugo
Rue de la Bois
Pompe léna
Av. Henri Martin Troca

La Muette Passy

Boulainvilliers Kennedy
Ranelagh Radio France
Jasmin

Porte Michel-Ange Duple
d'Auteuil Auteuil Char
Eglise Mich
d'Auteuil
Michel-Ange Javel
⑩ Molitor Mirabeau Co
Chardon
Boulogne Jean Lagache Félix
Jaurès Exelmans
Boulogne Pont Porte de Bouçica
de St-Cloud Saint-Cloud
Marcel Lourme
Sembat Bd Victor
Billancourt ⑧
⑨ Balard
Pont de Sèvres

Issy Val de
Seine

Mairie d'Is

Issy

RER C線
C5支線：往Versailles-Rive Gauche RE
Chateau de Versailles B2
C7支線：往St-Quentin-en-Yvelines B4

從機場
到旅館

旅行
觀光

料理
飲食

購物
Shopping

介紹
問候

數字
時間

娛樂
藝術

藥品
急救

常用
字詞

附錄

法國美食

到 ___ 吃東西吧！
Nous allons

餐廳種類

露天咖啡座 a une terrasse de café	高級餐廳 dans un grand restaurant

大眾餐館 à la cantine	餐館 au restaurant	啤酒屋 dans un café (une brasserie)	快餐店 dans un snack

請給我菜單
La carte , S'il vous plaît

請給我___套餐
Un menu a___

請給我和那個相同的菜
S'il vous plaît , je voudrais le même plat que Monsieur (Madame).

請給我___套餐
Un menu a __ , s'il vous plaît.

買單！
L'addition, s'il vous plaît.

多少錢？ → P.68
Combien ça coûte?

請給我自來水
Puis-je avoir une carafe d'eau?

可以用信用卡付費嗎？
Acceptez-vous la carte bleue

★法國餐廳中有分付費的水與免付費的水。免付費的水即自來水，付費的水為礦泉水，其中又有氣泡與無氣泡之分。

左側導覽：
從機場到旅館
旅行觀光
料理飲食
購物 Shopping
介紹問候
數字時間
娛樂藝術
藥品急救
常用字詞
附錄

口味喜好

稍微一點點 un peu	非常 très	甜 sucré	
鹹 salé	苦 amer	辣 piquant	酸 acide
清淡 léger	油膩 gras	難吃 ce n'est pas bon	好吃；美味 C'est bon

餐　具

餐具 les couverts	刀 un couteau	叉 une fourchette
湯匙 une cuillière	筷子 les baguettes	餐巾 une serviette

調味料

鹽 le sel	糖 le sucre	胡椒 le poivre
辣椒 le piment	蕃茄醬 la sauce tomate	醬汁 la sauce

★ 在咖啡館和餐廳用餐時，除非帳單上有註明"SERVICE COMPRIS"之外，否則都要給小費，咖啡館的小費
　大都為找錢的小銅板而餐廳則為消費金額的15%~18%。

你喜歡 __ 嗎
Aimez-vous_?

我喜歡吃 __
J'aime __

食　材

牛肉 le bœuf *(image)*	豬肉 le porc	羊肉 le mouton
雞肉 le poulet *(image)*	鵝肉 l'oie	鴨肉 le canard
	米飯 le riz	蔬菜 les légumes
沙拉 la salade	鮪魚 le thon	麵類 les nouilles

香醇美酒

白葡萄酒 blanc	不甜的氣泡酒 brut	半干型酒 demi-sec	氣泡酒 petillant
甜味葡萄酒 moelleux	一般氣泡酒未做二次發酵 mousseux	玫瑰紅酒 rosé	紅葡萄酒 rouge

酒標辨識

❶ ~法定產區
Appellation ~ contrôlée
法國出產
Produit de France

❷ 年份
l'année

❸ 酒精濃度
le degrè

❹ 裝瓶者的名字及地址
le nom et l'adresse de viticulture

❺ 酒莊商標
l' étiquette

❻ 容量
la contenance

❼ 法定產區餐酒
AOC (Appellation d'Origine Contrôlée

★法國的葡萄酒分級制度可以說是全世界最完善的，其共分為AOC、VDQS、VIN DE PAYS、VIN DETABLE四級。而AOC最高級的產生，必須經過國家委員會的檢驗品嚐、酒區生產制度的審核、釀酒傳統評估等等的嚴格審查，才能成為代表該區特色的優良葡萄酒。

你想吃什麼菜？
Quelle cuisine
voulez-vous?

我想吃 ＿＿
Je voudrais＿

菜單常用名詞

開胃菜 un hors-d'œuvre	前菜 une entrée	湯 une soupe
主菜 un plat principal	甜點 un dessert	佐餐酒 du vin
魚鮮高湯 une soupe de poisson	馬賽魚湯 de la bouillabaisse	絞肉餡蕃茄 de la tomate farcie
普羅旺斯燉菜 de la ratatouille	羊奶乳酪 du fromage de chèvre	蒜泥蛋黃醬 d'aïoli
烤餅 de la fougasse	果醬 de la confiture	尼斯沙拉 une salade niçoise
蜂蜜 du miel		糖漬水果 des fruits confits

中華料理 la cuisine chinoise	法國料理 la cuisine française	義大利料理 la cuisine italienne	摩洛哥菜 (北非及阿拉伯料理) la cuisine marocaine

酒　類

	紅酒 du vin rouge
葡萄酒 du vin	
白酒 du vin blanc	香檳 du champagne
普羅旺斯粉紅酒 du rosé de provence	雪利酒 du xérès

點　心

草莓派 tarte aux fraises	蘋果派 tarte aux pommes
諾曼地蘋果派 tarte tatin	巧克力 chocolat
法式煎薄餅 crêpe	千層派 mille-feuille

冰淇淋 la glace	法國麵包 la baguette	水果冰淇淋 le sorbet	
布丁 un flan caramel		小餅乾 le petit four	鄉村麵包 le pain de campagne
	蛋糕 le gâteau		果凍 la gelée

從機場到旅館

旅行觀光

料理飲食

購物 Shopping

介紹問候

數字時間

娛樂藝術

藥品急救

常用字詞

附錄

水果 les fruitsle

草莓
la fraise

桃子
la pêche

蘋果
la pomme

蕃茄
la tomate

葡萄
le raisin

香蕉
la banane

鳳梨
l'ananas

哈蜜瓜,香瓜
le melon

櫻桃
la cerise

西瓜
la pastèque

柳橙
l'orange

檸檬
le citron

梨子
la poire

葡萄柚
le pamplemousse

從機場
到旅館

旅行
觀光

料理
飲食

購物
Shopping

介紹
問候

數字
時間

娛樂
藝術

藥品
急救

常用
字詞

附錄

飲料

	牛奶 le lait	牛奶咖啡 le café au lait （ le café crème ）
咖啡 le café	礦泉水 l'eau minérale	奶茶 le thé au lait
熱開水 l'eau chaude	可口可樂 le coca	茶 le thé
水 l'eau	柳丁汁 le jus d'orange	紅茶 le thé noir

熱的
Chaud(e)

冷的
Froid(e)

大杯
le grand

中杯
le moyen

小杯
le petit

主要購物中心

我想去 ＿＿＿＿ Je voudrais aller à ___	＿＿＿在哪裡？ Où est___?
請問怎麼走？ Comment aller à ___ ? S'il vous plaît.	請問這裡是哪裡？ S'il vous plaît , où suis-je ?
請告訴我現在的位置。(出示地圖) Pouvez-vous m'indiquer où on est ?	

AVENUE GEORGE V

Rue Pierre Charron

Rue Francois 1er

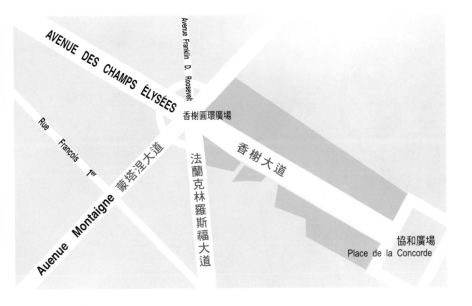

大地廉價百貨公司
Au Bon Marché

皮爾卡登空間
Chez Pierre Cardin

郵票市集
au marché aux timbre

蒙田大道
avenue Montaigne

法蘭克特權者街
rue Franc-Bourgeois

慕菲達街
rue Mouffetard

亞勒商場
aux halles

佛布聖多諾黑路
rue du Faubourg St Honore

西堤花市及鳥市
au marché aux fleurs et aux oiseaux

購物逛街

我要買＿＿
Je voudrais acheter＿＿

請給我看這個／那個＿＿
S'il vous plaît pouvez vous me passer ＿＿

有沒有＿＿一點的？ → P.59
Est-ce que vous avez plus＿＿＿?

不用了(不買)。
Non, merci.

水果店 → P.52
la fruiterie

唱片行
le disquaire

書店
la librairie

理髮店
le coiffeur

藥房 → P.78
la pharmacie

花店
le fleuriste

★除免稅商店外，只要在店內購物超過175歐元，就可以辦理退稅，退稅額約為13%~15%不等，退稅額得出示護照，先在商家填寫表格，並千萬記得要確認金額無誤，在機場時請海關蓋上檢查章，將餘下的粉紅色表格投入機場郵筒，綠色單據保留，三個月後應可收到退稅款項。

從機場
到旅館

旅行
觀光

料理
飲食

購物
Shopping

介紹
問候

數字
時間

娛樂
藝術

藥品
急救

常用
字詞

附錄

總共多少錢？ → P.68
Combien ça coûte?

可以用信用卡結帳嗎？
Vous acceptez la carte bleue?

算便宜一點吧！
Est-ce que vous pouvez me faire une remise .

可以退稅嗎？
Est-ce qu'on peut détaxer?

這附近有沒有＿＿？
Est-ce qu'il y a ＿ près d'ici?

＿＿在那裡呢？
Où est ＿？

洗衣店
la laverie

攝影 → P.60
器材店
le photographe

醫院
l'hôpital
→ P.78

糕餅店
la pâtisserie
→ P.51

玩具店 → P.60
le magasin de jouets

麵包店 → P.51
la boulangerie

文具店 → P.61
la papeterie

電器行 → P.60
le magasin d' électro-ménager

眼鏡行
l'opticien

服裝店
un magasin de vêtement.
→ P.58

從機場 到旅館

旅行 觀光

料理 飲食

購物 Shopping

介紹 問候

數字 時間

娛樂 藝術

藥品 急救

常用 字詞

附錄

從機場
到旅館

旅行
觀光

料理
飲食

購物
Shopping

介紹
問候

數字
時間

娛樂
藝術

藥品
急救

常用
字詞

附錄

請給我___
Je voudrais___

有____嗎?
Est-ce que vous avez__

好看
c'est joli .

多少錢
Ça fait
combien?

不好看
ce n'est pas joli.

我不喜歡
Je n'aime pas.

衣 服

大衣 un manteau	夾克 un blouson	西裝上衣 une veste
褲子 un pantalon	領帶 la cravate	襯衫 une chemise
女襯 un chemisier	裙子 une jupe	毛衣 un pull
連身裙 une robe	套裝 un ensemble	

★巴黎的折扣季節有二:(1)冬季為十一月中旬至次年元月中旬,(2)夏季為六月中旬到七月中旬。

T恤 un T-shirt	polo衫 un polo		牛仔褲 un jean
皮衣 un blouson en cuir	內衣 des sous- vêtements		泳衣 un maillot de bain

配件

手套 les gants	帽子 le chapeau	襪子 les chaussettes 	絲襪 les collants

鞋子 les chaussures	手帕 le mouchoir	圍巾 l'écharpe	皮帶 la ceinture 	香水 le parfum

SIZA大小

大 grand(e)
小 petit(e)
長 long
短 court(e)
厚 épais(se)
薄 fin/fine
新 nouveau

顏色

黑色 noir(e)	綠色 vert(e)
藍色 bleu(e)	橘色 orange
白色 blanc	灰色 gris(e)
紅色 rouge	紫色 violet(te)
黃色 jaune	粉紅色 rose
	天藍色 indigo

從機場到旅館
旅行觀光
料理飲食
購物 Shopping
介紹問候
數字時間
娛樂藝術
藥品急救
常用字詞
附錄

從機場
到旅館

旅行
觀光

料理
飲食

購物
Shopping

介紹
問候

數字
時間

娛樂
藝術

藥品
急救

常用
字詞

附錄

哪裡有賣＿
Où on peut trouver ＿

電器、日用品

電視
la télévision

您有＿＿嗎?
Vous avez＿＿?

音響
la
platine

手機
le téléphone
portable

數位相機
l'appareil
photo
numérique

電話
le
téléphone

刮鬍刀
le rasoir

隨身聽
le walk
man

CD隨身聽
le lecteur de
disques
portable

相機
l'appareil
photo

錄影機
le
magnétoscope

電腦
l'ordinateur

時鐘
l' horloge

手錶
la montre

可以試試看嗎?
Est-ce qu'on peut essayer?

有打折嗎?
Est-ce que vous faites une remise ?

買一送一 deux pour un	要／不要 Oui, c'est bon. / Non, merci.	貴／便宜 cher(e)/bon marché
 收銀台 la caisse	賣完了 Il n'y en a plus. 說明書 la notice	退貨 rembourser 保證書 le certificat de garantie

禮品文具

筆記本 le cahier	記事簿 le bloc-notes	原子筆 le stylo
信封 l'enveloppe	名信片 la carte postale	便利貼 le post-it

電器禮品

從機場到旅館
旅行觀光
料理飲食
購物 Shopping
介紹問候
數字時間
娛樂藝術
藥品急救
常用字詞
附錄

我叫 ____
Je m'appelle ____

請問你貴姓大名？
Comment vous
vous appelez?

我是台灣人
Je suis Taïwanais
(Taïwanaise).

你去過台灣嗎？
Connaissez-vous
Taïwan?

我的職業是____
Je suis __

老師 un professeur	家庭主婦 une femme au foyer	作家 un écrivain
學生 un(e) étudiant(e)	律師 un(e) avocat(e)	醫生 un médecin
公務員 un(e) fonctionnaire	銀行職員 un(e) employé(e) de banque	記者 un(e) journaliste
上班族 un(e) employé(e)	秘書 un(e) secrétaire	沒有工作 sans emploi

我的嗜好是_____
J'aime _____

網球 le tennis	棒球 le base-ball	 旅行 voyager
看電影 le cinéma		登山 l'alpinisme
聽音樂 la musique	游泳 la natation	
唱歌 chanter	畫畫 la peinture	跳舞 la dance
做菜 faire la cuisine		插花 Composer des bouquets des fleurs

父親 père	父 Papa	母親 mère
母 maman	小孩 enfant	兒子 le fils
女兒 la fille	丈夫 le mari	妻子 la femme

星座&關係介紹

我的星座是 ＿＿＿＿＿
Mon signe astrologique est ＿＿＿＿＿

牡羊座3/21〜4/20
Bélier

天秤座9/24〜10/23
Balance

金牛座4/21〜5/21
Taureau

天蠍座10/24〜11/22
Scorpion

雙子座5/22〜6/21
Gémeaux

射手座11/23〜12/21
Sagittaire

巨蟹座6-22〜7/22
Cancer

山羊座12/22〜1/20
Capricorne

獅子座7/23〜8/23
Lion

水瓶座1/21〜2/18
Verseau

處女座8/24〜9/23
Vierge

雙魚座2/19〜3/20
Poissons

有 Oui	是 être	不是 Non	

這位 Celui ci	那位 Celui là	我們 nous	他們／她們 ils / elles
		我 je / moi	你 tu / toi
他 il / lui	她 elle		

愛上 aimer	相愛 s'aimer	談戀愛 tomber amoureux	吵架 se disputer
離婚 divorcer	婚外情 une relation hors mariage	分手(分居) separer	約會 rendez-vous
外遇對象 adultère	默契 entente tacite	談得來 accord tacite	結婚 se marier

同居 le concubinage	男朋友 le petit ami	好朋友 l'ami	情婦 la maîtresse
朋友 le copain	女朋友 la petite amie	同居人 le(la) concubin(e)	鄰居 le(la) voisin(e)
在附近 à côté d'ici		鄉下 à la campagne	

從機場到旅館

旅行觀光

料理飲食

購物 Shopping

介紹問候

數字時間

娛樂藝術

藥品急救

常用字詞

附錄

65

哈囉
Salut

約會確認

你好 ça va?	何時見面? → P.74 **Nous nous revoyons quand?**
好久不見 **Il y a longtemps que nous ne nous sommes pas vus.**	告訴我你的大哥大 電話號碼 **Donnez-moi votre numéro de portable.**
每件事都好嗎? **Tout va bien?**	我能去 **Je peux y aller.**

要搭什麼時候的巴士? On prend le bus de quelle heure? → P.18、74	要坐什麼時候的電車? On prend le metro de quelle heure? → P.18、74	什麼時候到達? Quand arrive-t-on?
要花多久時間? Pendant combien de temps. → P.74	幾個小時? Combien d'heures faut-il? → P.74	多少分鐘? → P.74 Combien de temps faut-il?
我很抱歉 Je suis désolé .	我沒辦法答應 Je ne pourrais pas.	時間 le temps → P.74
我太忙了，沒辦法答應。 Je suis tellement occupé, je ne pourrai pas y aller.	我迷路了 Je suis perdu(e) . → P.16	地點 le lieu

我們要約在哪裡? Où nous retrouvons-nous?	請來找我一起去! On se rejoint et on y va ensemble.	
我不能去 Je ne peux pas y aller.	我想和你一起去! J'aimerais y aller avec vous (toi).	
我會再打你 Je te rappelerai.	請打電話給我 Appelle-moi.	

我遺失了你的電話號碼 J'ai perdu votre numéro de téléphone.	我遲到了 Je suis en retard
我找不到地方 Je ne le trouve pas.	原諒我 Pardonnez -moi.
我需要幫忙 J'ai besoin d'aide	我現在在哪裡? Où est-on?
國際電話怎麼打? Comment fait-on un appel international?	

★一般公共電話都可以打國際電話,必須先打"0"再打國碼,電話卡在郵局或是書報攤都可以購買。

從機場
到旅館

旅行
觀光

料理
飲食

購物
Shopping

介紹
問候

數字
時間

娛樂
藝術

藥品
急救

常用
字詞

附錄

誰？ Qui?	哪裡？ Où?
什麼？ Comment?	為什麼？ Pourquoi?

0 zéro	1 un	2 deux	3 trois	4 quatre
5 cinq	6 six	7 sept	8 huit	9 neuf
10 dix	11 onze	12 douze	13 treize	14 quatorze
5 quinze	16 seize	17 dix-sept	18 dix-huit	19 dix-neuf
20 vingt	21 vingt et un	22 vingt-deux	30 trente	40 quarante
50 cinquante	60 soixante	70 soixante-dix	80 quatre-vingts	90 quatre-vingt-dix
100 cent	101 cent un	200 deux cents	300 trois cents	400 quatre cents

法郎 Franc	歐元 Euro	美金 le dollar	台幣 le dollar taïwannais	杯 verre

多少錢？ Combien ça coûte ?	哪個？ Quelle?	我在找 ── Je cherche __?
幾點鐘？ Quelle heure?	有 ── 嗎？ Est-ce qu'il y a __?	問誰好呢？ Qui pourrait me renseigner?

500 cinq cents	600 six cents	700 sept cents
800 huit cents	900 neuf cents	1000 mille
2000 deux mille	3000 trois mille	4000 quatre mille
5000 cinq mille	6000 six mille	7000 sept mille
8000 huit mille	9000 neuf mille	10000 dix mille
11000 onze mille	100000 cent mille	1000000 un million
10000000 dix millions	100000000 cent millions	1000000000 un milliard

包 paquet	天 jour	月 mois	年 an	時 l'heure
公里 le kilomètre	公尺 le mètre	公分 le centimètre	公斤 le kilogramme	公克 le gramme

69

年月季節

幾月？
Quel mois?

幾日(號)？
Quelle date?

| 1 le premier | 2 le deux | 3 le trois |

| 6 le six |  | 7 le sept |

| 11 le onze | 12 le douze | 13 le treize |

| | 16 le seize | 17 le dix-sept |

| 21 le vingt et un | 22 le vingt-deux |  |

| 26 le vingt-six | 27 le vingt-sept | 28 le vingt-huit |

★在法國較為適合的旅行季節為四月到十月，因為這段時間的日照時間較長，天氣較為溫暖，很適合出遊。
全年平均溫度為攝氏十二度，夏季最高可到攝氏三十度，而冬季最低會到攝氏零度以下，而十月到十二月
為多雨季節，最好攜帶雨具。

從機場
到旅館

旅行
觀光

料理
飲食

購物
Shopping

介紹
問候

數字
時間

娛樂
藝術

藥品
急救

常用
字詞

附錄

一月 Janvier	二月 Février	三月 Mars	四月 Avril
五月 Mai	六月 Juin	七月 Juillet	八月 Août
九月 Septembre	十月 Octobre	十一月 Novembre	十二月 Décembre

4 le quatre

5 le cinq

8 le huit

9 le neuf

10 le dix

14 le quatorze

15 le quinze

18 le dix-huit

19 le dix-neuf

20 le vingt

23 le vingt-trois

24 le vingt-quatre

25 le vingt-cinq

29 le vingt-neuf

30 le trente

31 le trente et un

從機場到旅館

旅行觀光

料理飲食

購物
Shopping

介紹問候

數字時間

娛樂藝術

藥品急救

常用字詞

附錄

星期幾？
Quel jour?

時間標示

星期一 le lundi	

前天 avant-hier	昨天 hier

星期二 le mardi
星期三 le mercredi
星期四 le jeudi
星期五 le vendredi
星期六 le samedi
星期日 le dimanche

春
le printemps

今天 aujourd'hui	明天 demain	後天 après demain

上星期 la semaine dernière	這星期 cette semaine	下星期 la semaine prochaine
上個月 le mois dernier	這個月 ce mois-ci	下個月 le mois prochain
去年 l'année dernière	今年 cette année	明年 l'année prochaine

夏 l'été	秋 l'automne	冬 l'hiver

★ 在巴黎的時差是台北時間減掉七個小時，夏令時間(三月最後一個星期天起至十月的最後一個星期日)則是減
掉六個小時。

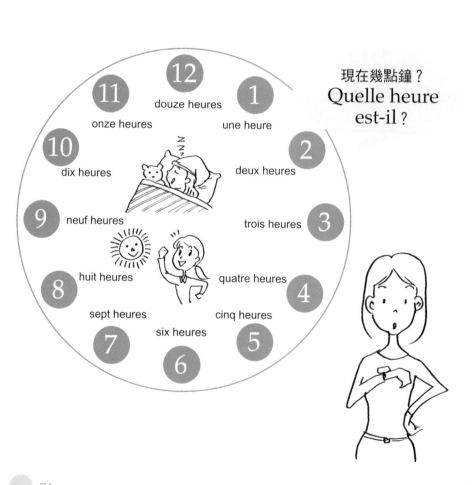

從機場
到旅館

旅行
觀光

料理
飲食

購物
Shopping

介紹
問候

數字
時間

娛樂
藝術

藥品
急救

常用
字詞

附錄

幾點鐘出發？
À quelle heure part-on ?

幾點鐘到達？
À quelle heure arrive -t- on?

要花多久時間？
Combien de temps ça dure?

請在 ―― 點叫我起床。
S'il vous plaît, réveillez-moi à __ heure(s).

12 douze heures
1 une heure
2 deux heures
3 trois heures
4 quatre heures
5 cinq heures
6 six heures
7 sept heures
8 huit heures
9 neuf heures
10 dix heures
11 onze heures

現在幾點鐘？
Quelle heure est-il ?

從機場
到旅館

旅行
觀光

料理
飲食

購物
Shopping

介紹
問候

數字
時間

娛樂
藝術

藥品
急救

常用
字詞

附錄

___點見面吧！
On se voit à
__ heure(s).

沒時間！
Je n'ai pas le temps !

趕時間！
Je suis pressé !

快點！
Vite !

分鐘 minute(s)	1分鐘 1 un	2分鐘 2 deux	3分鐘 3 trois
	4分鐘 4 quatre	5分鐘 5 cinq	6分鐘 6 six
7分鐘 7 sept	8分鐘 8 huit	9分鐘 9 neuf	10分鐘 10 dix
11分鐘 11 onze	12分鐘 12 douze	13分鐘 13 treize	14分鐘 14 quatorze
15分鐘 15 quinze	16分鐘 16 seize	17分鐘 17 dix-sept	18分鐘 18 dix-huit
19分鐘 19 dix-neuf	20分鐘 20 vingt	21分鐘 21 vingt et un	22分鐘 22 vingt -deux
23分鐘 23 vingt-trois	30分鐘 30 trente	40分鐘 40 quarante	50分鐘 50 cinquante

從機場
到旅館

旅行
觀光

料理
飲食

購物
Shopping

介紹
問候

數字
時間

娛樂
藝術

藥品
急救

常用
字詞

附錄

你喜歡 ___ 嗎？→喜歡／不喜歡 Aimez vous__? Oui, jáime ／ Non, je n'aime pas.	你知道 ___ 嗎？→知道／不知道 Connaissez-vous __ ? Oui, je le connais. ／ Non , je ne le connais pas.

休閒娛樂

旅行 voyager	聽音樂 écouter de la musique	跳舞 danser

運動

游泳 la natation	登山 l'alpinisme	網球 le tennis
	健行 la randonnée à pied	棒球 le base-ball

名人

畢卡索 Pablo Picasso	梵谷 Vincent Van Gogh	賽尚 Paul Cézanne	莫里哀 Molière
普魯斯特 Marcel Proust	紀德 André Gide	波特萊爾 Charles Baudelaire	韓波 Arthur Raimbaud
沙特 Jean Paul Sartre	卡繆 Albert Camus	西蒙波娃 Simone de Beauvoir	高行健 Gau Xing-Jian

從機場
到旅館

旅行
觀光

料理
飲食

購物
Shopping

介紹
問候

數字
時間

娛樂
藝術

藥品
急救

常用
字詞

附錄

我喜歡 ＿＿
J'aime__

＿＿ 受歡迎嗎？
Est-ce que __ est populaire ?

做菜 cuisiner	畫畫 dessiner	插花 composer des bouquets fleurs	唱歌 chanter

文化

音樂家 un(e) musicien(ne)	古典音樂 la musique classique	歌劇 l'opéra	指揮 un chef d'orchestre
作曲家 un compositeur	大提琴家 un(e) violoncelliste	小提琴家 un(e) violoniste	鋼琴家 un(e) pianiste
建築藝術 l'architecture	羅馬式 romain(e)	哥德式 gothique	巴洛克 baroque
文藝復興時期 la Renaissance	繪畫 la peinture	野獸派 le fauvisme	浪漫派 le romantisme
自然主義 le naturalisme	印象主義 l'impressionnisme	寫實主義 le réalisme	抽象派 l'abstrait
雕刻 la sculpture	藝術家 un(e)artiste	劇場 le théâtre	電影 le cinéma

請問附近有醫院嗎？ Est-ce qu'il y a un hôpital près d'ici.	請帶我去醫院。 S'il vous plaît, amenez- môi à l'hôpital.
請叫救護車。 S'il vous plaît, appelez l'ambulance.	請幫我買 __ 藥？ Pouvez vous m'acheter __ ?

已經吃藥了嗎？
Prenez-vous des médicaments ?

不舒服 Je ne me sens pas bien	全身無力 Je me sens faible	嘔吐 envie de vomir
沒有食慾 J'ai peu d'appétit	喉嚨痛 avoir mal à la gorge	咳嗽 tousser
拉肚子 avoir la diarrhée	發燒 avoir de la fièvre	流鼻水 nez qui coule
扭傷 une entorse	痛 mal	骨折 la fracture
發麻 engourdi	牙痛 avoir mal aux dents	

頭
la tête

頭髮
les cheveux

眉毛
le sourcil

耳朵
les oreilles

手指
le doigt

牙齒
les dents

舌頭
la langue

肩膀
l'épaule

胸
la poitrine

乳房
les seins

肚子
le ventre

肚臍
le nombrill

膝蓋
le genou

肌肉
le muscle

皮膚
la peau

指甲
l'ongle

骨頭
l'os

眼睛
un œil/les yeux

鼻子
le nez

嘴巴
la bouche

脖子
le cou

手臂
le bras

背
le dos

手肘
le coude

手
la main

屁股
les fesses

肛門
l'anus

生殖器
le sexe

大腿
la cuisse

小腿
la jambe

腳
le pied

腳趾
le doigt du pied

從機場
到旅館

旅行
觀光

料理
飲食

購物
Shopping

介紹
問候

數字
時間

娛樂
藝術

藥品
急救

常用
字詞

附錄

從機場
到旅館

旅行
觀光

料理
飲食

購物
Shopping

介紹
問候

數字
時間

娛樂
藝術

藥品
急救

常用
字詞

附錄

一天吃幾次
Combien
de fois par
jour ?

每日 tous les jours	隔一天 une fois tous les deux jours
每天二次 deux fois par jour	每天三次 trois fois par jour
每天四次 quatre fois par jour	食前 avant le repas
外用 cutané	食後 après le repas

就寢前
avant de dormir

我的血型
是__型
Mon
groupe
sanguin est

A

B

O

AB

有會講中文的醫生嗎？
Est-ce qu'il y a un docteur qui parle chinois ?

多長時間能治好？
Dans combien de temps je serai guéri ?

這個藥會不會引起副作用？
Est-ce que ce médicament provoque des allergies ?

診斷證明 / 請給我診斷書
une ordonnance

請保重
Soignez-vous bien.

阿司匹靈藥片（頭痛葯）
l'aspirine

維生素C
la vitamine c

安眠藥
le somnifère

眼藥水
les gouttes pour les yeux

OK繃
le pansement

感冒藥
un médicament pour le rhume

止瀉藥
un médicament contre la diarrhée

腸胃藥
un médicament pour digérer

止痛藥
l'analgésique

體溫計
le thermomètre

鎮靜劑
le calmant

形容詞

是 être	我是 Je suis	你是 Tu es
他（她）是 Il(Elle) est	這是 C'est	我們是 Nous sommes
你們（您）是 Vous êtes	他（她）們是 Ils (Elles) sont	

非常 très	有一點 un peu	
不 pas	很好 très bien	不錯 pas mal
很棒 merveilleux	厲害 super	不難 pas difficile
酷！ cool	了不起 formidable	不太 pas très

大、小 grand(e) / petit(e)	多、少 beaucoup / peu
貴、便宜 cher / pas cher	好、不好 bon / mauvais(e)
重、輕 lourd / léger	強、弱 fort / faible
新、舊 nouveau / ancien(ne)	容易、困難 facile / difficile
長、短 long / court	遠、近 loin / près
硬、軟 dur / mou	胖、瘦 gros(se) / mince
老、年輕 vieux / jeune	忙碌、空閒 occupé / disponible

(天氣，溫度）熱的 chaud	(天氣，溫度)冷的 froid
溫暖的 tiède	涼爽的 frais

厚的（濃的）épais(se)	薄的 fin	淺的 superficiel(le)
寬廣的 large	狹窄的 étroit(e)	早的 tôt
漂亮，美麗 (belle)beau		圓形的 rond(e)
四方形的 carré(e)	快的 rapide	矮的 court(e)
強壯的 fort	脆弱的 faible	貴的 cher
明亮的 clair(e)		黑暗的 obscur(e)

新的 nouveau nouvelle	粗的 gros(se)	細的 mince
舊的 vieux vieille	小的 petit(e)	大的 grand(e)
溫柔的 doux / douce	簡單的 facile	困難的 difficile
有趣的 intéressant	無聊的 ennuyé,(e)	有名（的） célèbre
熱鬧的 animé	安靜的 calme	認真的 sérieux
擅長 exceller à	方便 pratique	不方便的 pas pratique
晚的；慢的 tard	熱心，親切 sympathique	討厭 détester
喜歡 aimer	便宜的 bon marché	深的 profond(e)

從機場
到旅館

旅行
觀光

料理
飲食

購物
Shopping

介紹
問候

數字
時間

娛樂
藝術

藥品
急救

常用
字詞

附錄

動詞／疑問句

從機場
到旅館

旅行
觀光

料理
飲食

購物
Shopping

介紹
問候

數字
時間

娛樂
藝術

藥品
急救

常用
字詞

附錄

什麼？ comment？	為什麼？ pourquoi?	哪一個？ quel? quelle?
什麼時候？ quand?	誰？ qui?	在哪裡？ Où?
怎麼？ comment？	怎麼辦？ comment faire？	比如說 par exemple

剛才 tout à l'heure	現在 maintenant	以後 après

想 penser	會 pouvoir	坐 s'asseoir
我不想 Je ne veux pas.	我不會/不可以 Je ne peux pas.	買 acheter
工作 travailler	使用 utiliser	站 se lever
討厭 détester	壞掉 en panne	喜歡 aimer

還沒 pas encore	活 vivre	應該 devoir
見面 se voir	分開 séparer	問 demander
回答 répondre	教 enseigner	學習 apprendre
記得 se rappeler	忘記 oublier	進去 entrer
出去 sortir	開始 commencer	結束 finir
走 marcher	跑 courir	前進 avancer
找 chercher	停止 arrêter	住 habiter
折返 retourner	來 venir	哭 pleurer

從機場
到旅館

旅行
觀光

料理
飲食

購物
Shopping

介紹
問候

數字
時間

娛樂
藝術

藥品
急救

常用
字詞

附錄

	送 donner	接受 recevoir
笑 rire	看 regarder	寫 écrire
說 dire	聽 écouter	瞭解 comprendre
說明 expliquer	知道 savoir	想 penser
小心 faire attention	睡覺 dormir	起床 se lever
休息 reposer	打開 ouvrir	關 fermer
變成 devenir	做 faire	賣 vendre
故障 en panne	有 avoir	看書 lire

memo

從機場
到旅館

旅行
觀光

料理
飲食

購物
Shopping

介紹
問候

數字
時間

娛樂
藝術

藥品
急救

常用
字詞

附錄

通訊錄記錄

我住在 _____ 飯店，地址是 _____
J' habite a l'hôtel _____ l'adresse est _____

請告訴我你的
S'il vous plaît , est-ce que
peux avoir votre

姓名 nom	
地址 adresse	
電話號碼 numéro de téléphone	
電子郵件地址 e-mail	

請寫在這裡。
Écrivez ici, s'il vous plaît.

我會寄 _____ 給你 Je vous enverrai _____	信 une lettre	照片 une photo

旅行攜帶物品備忘錄

		出發前	旅行中	回國時
重要度 A	護照（要影印）			
	簽證（有的國家不要）			
	飛機票（要影印）			
	現金（零錢也須準備）			
	信用卡			
	旅行支票			
	預防接種證明（有的國家不要）			
重要度 B	交通工具、旅館等的預約券			
	國際駕照（要影印）			
	海外旅行傷害保險證（要影印）			
	相片2張（萬一護照遺失時申請補發之用）			
	換穿衣物（以耐髒、易洗、快乾為主）			
	相機、底片、電池			
	預備錢包（請另外收藏）			
	計算機			
	地圖、時刻表、導遊書			
	辭典、會話書籍			
重要度 C	變壓器			
	筆記用具、筆記本等			
	常備醫藥、生理用品			
	裁縫用具			
	萬能工具刀			
	盥洗用具（洗臉、洗澡用具）			
	吹風機			
	紙袋、釘書機、橡皮筋			
	洗衣粉、晾衣夾			
	雨具			
	太陽眼鏡、帽子			
	隨身聽、小型收音機（可收聽當地資訊）			
	塑膠袋			

旅行手指外文會話書

自助旅行．語言學習．旅遊資訊　全都帶著走

中文外語一指通　　不必說話也能出國

這是一本讓你靠手指，就能出國旅行的隨身工具書，

書中擁有超過2000個以上的單字圖解，和超過150句的基本會話內容

帶著這本書就能夠使你輕鬆自助旅行、購物、觀光、住宿、品嚐在地料理！

本書的使用方法

step 1

請先找個看起來和藹可親、面容慈祥的法國人，然後開口向對方說：

請原諒我的打擾！（對不起！打擾一下。）

Excusez-moi de vous déranger .

出示下列這一行字請對方過目，並請對方指出下列三個選項，回答是否願意協助「指談」。

step 2

這是指談的會話書，如果您方便的話，

是否能請您使用本書和我對談？

C'est un livre de conversation.

Avez-vous le temps de m'enseigner, s'il vous plaît.

指 Si vous voulez, indiquez sr "oui" . si non,

indiquez "non".

好的！沒問題！

Oui, pas de problème.

不，我不能！

Non, je ne peux pas .

我沒時間

Je n'ai pas le temps.

---

step 3

如果對方答應的話（也就是指著" Oui, pas de problème"），請馬上出示下列圖文，並使用本書開始進行對話。若對方拒絕的話，請另外尋找願意協助指談的對象。

非常感謝！現在讓我們開始吧！

Merci beaucoup!

Si nous commencions maintenant.

1. 本書收錄有十個部分三十個單元，並以色塊的方式做出索引列於書之二側；讓使用者能夠依顏色快速找到你想要的單元。

2. 每一個單元皆有不同的問句，搭配不同的回答單字，讓使用者與協助者可以用手指的方式溝通與交談，全書約有超過150個會話例句與2000個可供使用的常用單字。

3. 在單字與例句的欄框內，所出現的頁碼為與此單字或是例句相關的單元，可以方便快速查詢使用。

4. 當你看到左側出現的符號與空格時，是為了方便使用者與協助者進行筆談溝通或是做為標註記錄之用。

5. 在最下方處，有一註解說明與此單元相關之旅遊資訊，以方便及提供給使用者參考之用。

6. 在最末尾有一個部分為常用字詞，放置有最常被使用的字詞，讓使用者參考使用之。

7. 隨書附有通訊錄的記錄欄，讓使用者可以方便記錄同行者之資料，以利於日後連絡之。

8. 隨書附有〈旅行攜帶物品備忘錄〉，讓使用者可以提醒自己出國所需之物品。

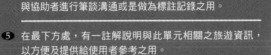

國家圖書館出版品預行編目資料

手指法國 / 不勉強工作室著 --初版. --臺北市：商周出版：城邦文化發行，2002 [民91]
　　　面；　　　公分. --（旅行手指外文會話書：2）

ISBN 957-469-929-3（平裝）

1. 觀光法語 - 會話

804.588　　　　　　　　　　　　　　　　　　　　　91000381

手指法國

作　　　　者 / 不勉強工作室
總　編　輯 / 林宏濤
責 任 編 輯 / 黃淑貞、顏慧儀

發　行　人 / 何飛鵬
法 律 顧 問 / 中天國際法律事務所周奇杉律師
出　　　版 / 城邦文化事業股份有限公司　商周出版
　　　　　　104台北市民生東路二段141號9樓
　　　　　　電話：(02) 25007008　傳真：(02) 25007759
　　　　　　e-mail:bwp.service@cite.com.tw
發　　　行 / 英屬蓋曼群島商家庭傳媒股份有限公司城邦分公司
聯 絡 地 址 / 104台北市民生東路二段141號2樓
　　　　　　讀者服務專線：0800-020-299
　　　　　　24小時傳真服務：02-2517-0999
　　　　　　劃撥：1896600-4
　　　　　　戶名：英屬蓋曼群島商家庭傳媒股份有限公司城邦分公司
　　　　　　讀者服務信箱E-mail：cs@cite.com.tw
香 港 發 行 所 / 城邦（香港）出版集團有限公司
　　　　　　香港灣仔軒尼詩道235號 3樓
　　　　　　電話：(852) 25086231或 25086217　傳真：(852) 2578 9337
馬 新 發 行 所 / 城邦(馬新)出版集團 Cite (M) Sdn. Bhd.
　　　　　　41, Jalan Radin Anum, Bandar Baru Sri Petaling, 57000
　　　　　　Kuala Lumpur, Malaysia. Email: cite@cite.com.my
　　　　　　電話：603-90578822　傳真：603-90576622

封 面 設 計 / 斐類設計
內 文 設 計 / 紀健龍+王亞棻
打 字 排 版 / 極翔企業有限公司
印　　　刷 / 韋懋實業股份有限公司
總　經　銷 / 高見文化行銷股份有限公司
　　　　　　電話：(02)2668-9005 傳真：(02)2668-9790 客服專線：0800-055-365

□ 2002年3月15日初版　　　　　　　　　　Printed in Taiwan.
□ 2014年6月23日二版11刷

售價／149元

ISBN 957-469-929-3

廣　告　回　函
北區郵政管理登記證
北臺字第000791號
郵資已付，免貼郵票

104　台北市民生東路二段141號2樓

英屬蓋曼群島商家庭傳媒股份有限公司城邦分公司　收

- -

請沿虛線對摺，謝謝！

書號：BX8002X　　　　書名：手指法國　　　編碼：

讀者回函卡

感謝您購買我們出版的書籍！請費心填寫此回函卡，我們將不定期寄上城邦集團最新的出版訊息。

姓名：＿＿＿＿＿＿＿＿＿＿＿＿＿＿＿＿＿＿＿ 性別：□男 □女

生日：西元＿＿＿＿＿＿＿年＿＿＿＿＿＿月＿＿＿＿＿＿日

地址：＿＿＿＿＿＿＿＿＿＿＿＿＿＿＿＿＿＿＿＿＿＿＿＿＿＿＿＿

聯絡電話：＿＿＿＿＿＿＿＿＿＿ 傳真：＿＿＿＿＿＿＿＿＿＿

E-mail：

學歷：□ 1. 小學 □ 2. 國中 □ 3. 高中 □ 4. 大學 □ 5. 研究所以上

職業：□ 1. 學生 □ 2. 軍公教 □ 3. 服務 □ 4. 金融 □ 5. 製造 □ 6. 資訊

　　　□ 7. 傳播 □ 8. 自由業 □ 9. 農漁牧 □ 10. 家管 □ 11. 退休

　　　□ 12. 其他＿＿＿＿＿＿＿＿＿＿＿＿＿＿＿＿＿＿＿

您從何種方式得知本書消息？

　　　□ 1. 書店 □ 2. 網路 □ 3. 報紙 □ 4. 雜誌 □ 5. 廣播 □ 6. 電視

　　　□ 7. 親友推薦 □ 8. 其他＿＿＿＿＿＿＿＿＿＿＿＿＿＿＿

您通常以何種方式購書？

　　　□ 1. 書店 □ 2. 網路 □ 3. 傳真訂購 □ 4. 郵局劃撥 □ 5. 其他＿＿＿＿

您喜歡閱讀那些類別的書籍？

　　　□ 1. 財經商業 □ 2. 自然科學 □ 3. 歷史 □ 4. 法律 □ 5. 文學

　　　□ 6. 休閒旅遊 □ 7. 小說 □ 8. 人物傳記 □ 9. 生活、勵志 □ 10. 其他

對我們的建議：＿＿＿＿＿＿＿＿＿＿＿＿＿＿＿＿＿＿＿＿＿＿＿＿

＿＿＿＿＿＿＿＿＿＿＿＿＿＿＿＿＿＿＿＿＿＿＿＿＿＿＿＿＿＿＿＿

＿＿＿＿＿＿＿＿＿＿＿＿＿＿＿＿＿＿＿＿＿＿＿＿＿＿＿＿＿＿＿＿